U0021728

鳥有ㄋㄟㄋㄟ嗎？

著

南希‧弗
Nancy Vo

譯

謝靜雯

BOOBIES

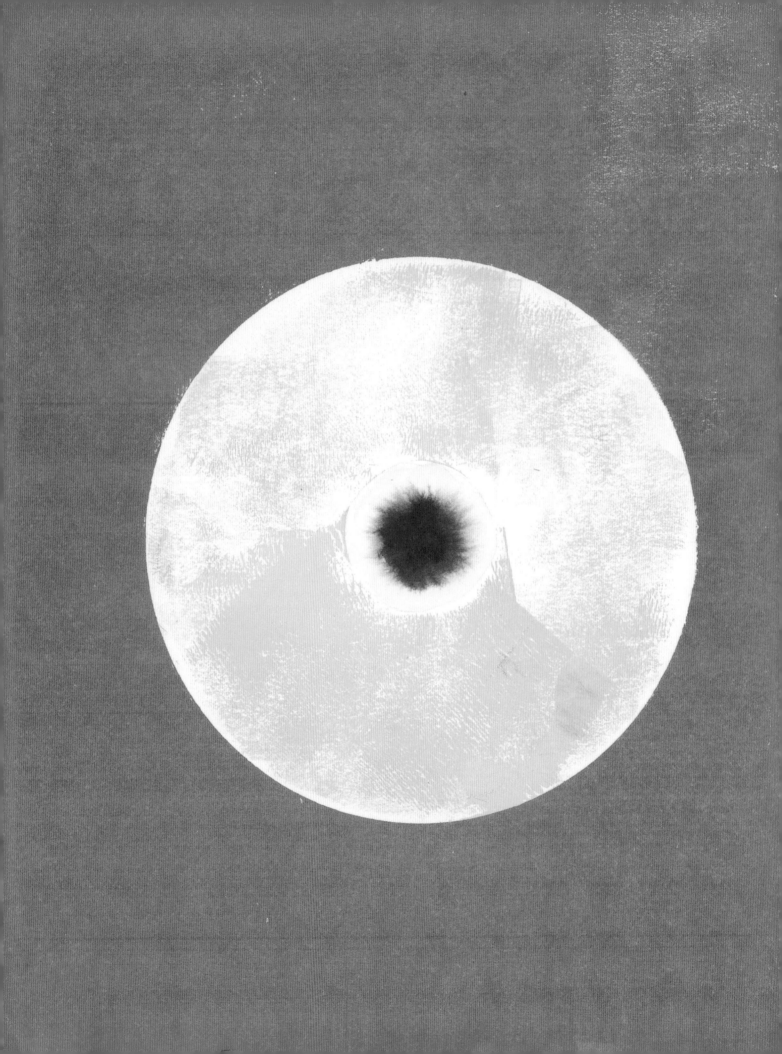

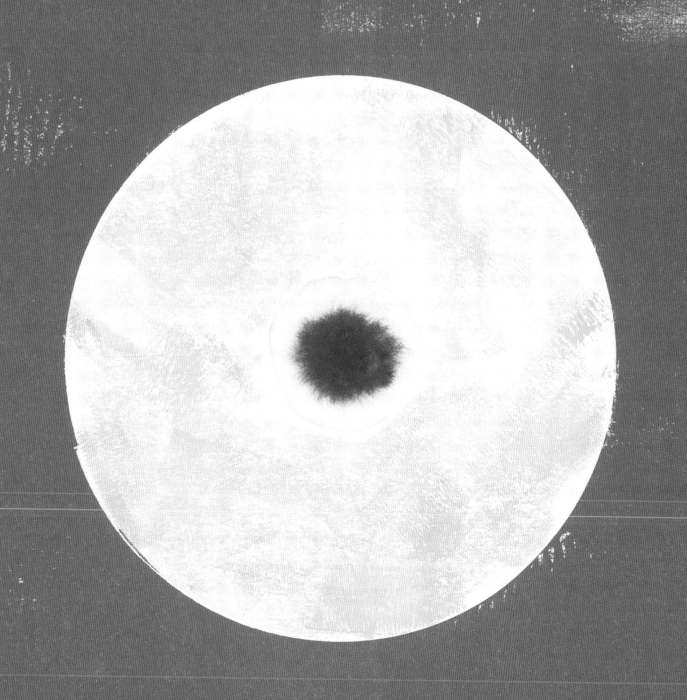

你剛剛翻開了一本關於
ㄋㄟ ㄋㄟ 的書。

這裡有一隻藍腳鰹鳥。

可是等等……
藍腳鰹鳥根本沒有ㄋㄟㄋㄟ。

鳥類是飛禽，不是哺乳動物。
哺乳動物才有乳腺。
換句話說，
哺乳動物有ㄋㄟㄋㄟ。

看ㄎㄢˋ！
這ㄓㄜˋ些ㄒㄧㄝ動ㄉㄨㄥˋ物ㄨˋ裡ㄌㄧˇ，哪ㄋㄚˇ些ㄒㄧㄝ有ㄧㄡˇ ㄋㄟ ㄋㄟ？

小ㄒㄧㄠˇ狗ㄍㄡˇ？
有ㄧㄡˇ。

小ㄒㄧㄠˇ貓ㄇㄠ？
有ㄧㄡˇ。

倉鼠？
有。

魚？
沒有，魚不是
哺乳動物。

你ㄋㄧˇ呢ㄋㄜˊ？
有ㄧㄡˇ， 你ㄋㄧˇ也ㄧㄝˇ是ㄕ哺ㄅㄨˇ乳ㄖㄨˇ動ㄉㄨㄥˋ物ㄨˋ喔ㄛ！
你ㄋㄧˇ是ㄕˋ人ㄖㄣˊ類ㄌㄟˋ， 而ㄦˊ人ㄖㄣˊ類ㄌㄟˋ是ㄕˋ哺ㄅㄨˇ乳ㄖㄨˇ動ㄉㄨㄥˋ物ㄨˋ。

就像人類各有不同，
ㄋㄟㄋㄟ也各不相同。

不只如此，
當你的身體長大、
歲數增長的時候
你的 ㄋㄟㄋㄟ
也會跟著改變。

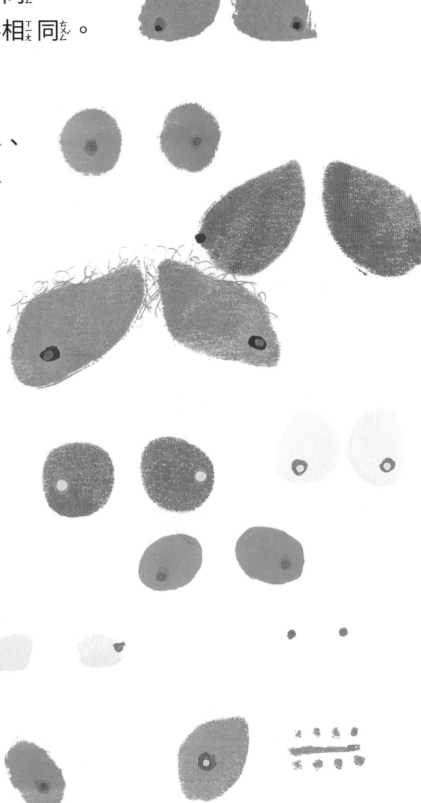

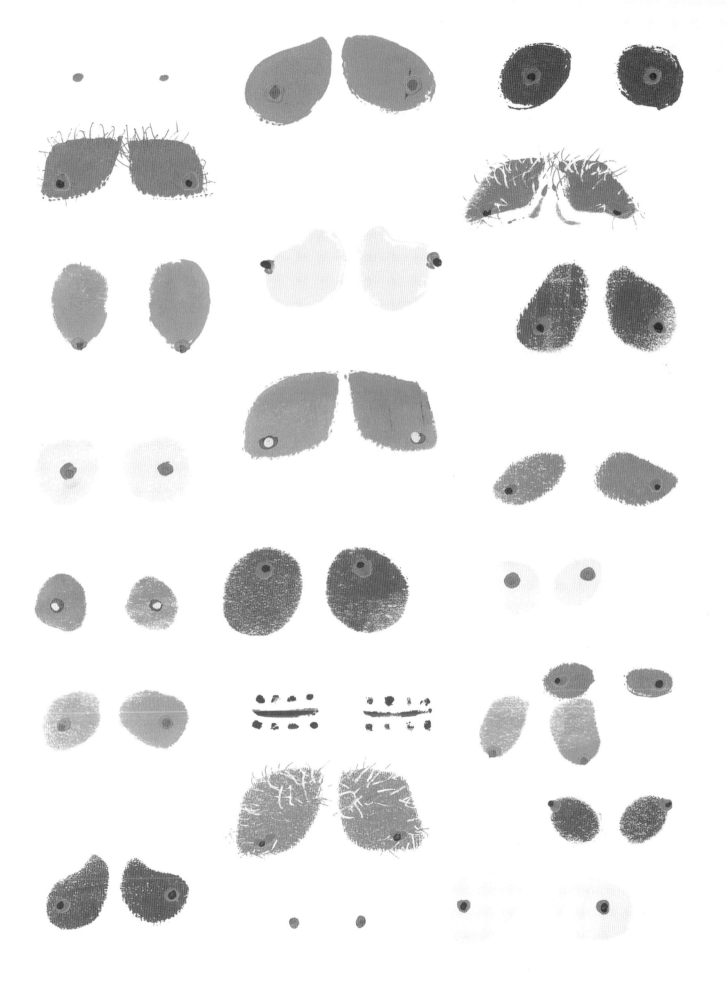

你可能會納悶，我們為什麼有ㄋㄟㄋㄟ？

ㄋㄟㄋㄟ裡的乳腺會分泌奶水，可以用來餵寶寶。

人類的ㄋㄟㄋㄟ叫做乳房，所以我們將這種餵奶的方式稱為「哺乳」。

不ㄅㄨˋ是ㄕˋ所ㄙㄨㄛˇ有ㄧㄡˇ的ㄉㄜ˙乳ㄖㄨˇ汁ㄓ都ㄉㄡ來ㄌㄞˊ自ㄗˋ哺ㄅㄨˇ乳ㄖㄨˇ動ㄉㄨㄥˋ物ㄨˋ。

有ㄧㄡˇ些ㄒㄧㄝ人ㄖㄣˊ類ㄌㄟˋ喜ㄒㄧˇ歡ㄏㄨㄢ從ㄘㄨㄥˊ植ㄓˊ物ㄨˋ汲ㄐㄧˊ取ㄑㄩˇ的ㄉㄜ˙乳ㄖㄨˇ汁ㄓ。

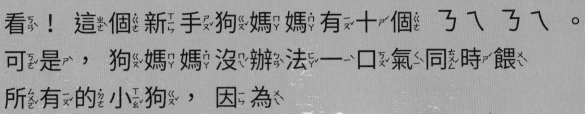

看！這個新手狗媽媽有十個 ㄋㄟㄋㄟ。
可是，狗媽媽沒辦法一口氣同時餵
所有的小狗，因為
ㄋㄟㄋㄟ 的數量
跟小狗的數量
不一樣。

你總共看到
幾隻小狗？

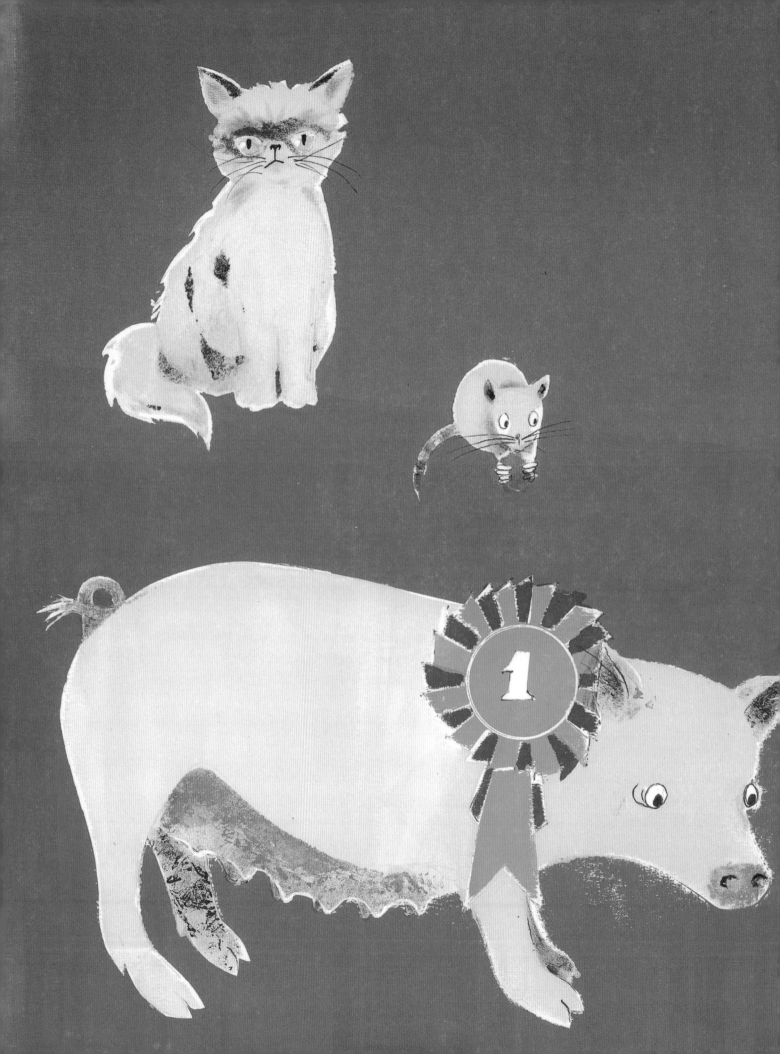

不同種類的哺乳動物，
有不同數量的 ㄋㄟㄋㄟ 嗎？
對。

貓有六到八個 ㄋㄟㄋㄟ 。

老鼠有十二個 ㄋㄟㄋㄟ 。

豬有十二到十四個 ㄋㄟㄋㄟ 。

人ㄖㄣˊ類ㄌㄟˋ只ㄓˇ有ㄧㄡˇ兩ㄌㄧㄤˇ個ㄍㄜˋ ㄋㄟˊ ㄋㄟˊ。

大部分的哺乳動物都有成雙成對的
ㄋㄟㄋㄟ —— 也就是兩個一組。
可是，負鼠有十三個 ㄋㄟㄋㄟ 呢！
真奇妙！

乳ㄖㄨˇ牛ㄋㄧㄡˊ的ㄉㄜ˙乳ㄖㄨˇ腺ㄒㄧㄢˋ形ㄒㄧㄥˊ狀ㄓㄨㄤˋ像ㄒㄧㄤˋ個ㄍㄜˋ碗ㄨㄢˇ，
還ㄏㄞˊ有ㄧㄡˇ四ㄙˋ個ㄍㄜˋ ㄋㄟ ㄋㄟ 管ㄍㄨㄢˇ子ㄗˇ。
真ㄓㄣ有ㄧㄡˇ意ㄧˋ思ㄙ！

哺乳動物的 ㄋㄟㄋㄟ 有時候會突出來，
尤其在分泌乳汁的時候。
ㄋㄟㄋㄟ 突出來的樣子就像高山、
丘陵、 小土堆。

對我們那些比較矮小的四腿朋友來說，
一定很不舒服。

*據說十八、十九世紀的法裔加拿大人將提頓山脈稱為「三個乳頭」（Les Trois Tétons），因為這些山峰看起來像是乳房尖端。

落磯山脈，美國

黃石
國家公園

大提頓
國家公園

有些高山據說
是用ㄋㄟㄋㄟ
命名的，

其中三座是：
「提頓山脈」，

最高的那座叫
大提頓山。

大提頓山

中提頓山

南提頓山

你ㄋㄧˇ知ㄓ道ㄉㄠˋ在ㄗㄞˋ中ㄓㄨㄥ文ㄨㄣˊ裡ㄌㄧˇ，
ㄋㄟ ㄋㄟ 俗ㄙㄨˊ稱ㄔㄥ「山ㄕㄢ峰ㄈㄥ」嗎ㄇㄚ˙？

看ㄎㄢ！

兩ㄌㄧㄤ萬ㄨㄢ五ㄨˇ千ㄑㄧㄢ多ㄉㄨㄛ年ㄋㄧㄢ前ㄑㄧㄢ，

人ㄖㄣ類ㄌㄟ就ㄐㄧㄡ已ㄧˇ經ㄐㄧㄥ用ㄩㄥ

石ㄕˊ頭ㄊㄡ和ㄏㄜˊ木ㄇㄨˋ頭ㄊㄡ刻ㄎㄜ出ㄔㄨ

ㄋㄟ ㄋㄟ 了ㄌㄜ。

ㄋㄟ ㄋㄟ 學ㄒㄩㄝ家ㄐㄧㄚ知ㄓ道ㄉㄠˋ，

ㄋㄟ ㄋㄟ 已ㄧˇ經ㄐㄧㄥ存ㄘㄨㄣˊ在ㄗㄞˋ

很ㄏㄣ久ㄐㄧㄡ、 很ㄏㄣ久ㄐㄧㄡ了ㄌㄜ。

所ㄙㄨㄛ以ㄧˇ不ㄅㄨ要ㄧㄠˋ害ㄏㄞˋ羞ㄒㄧㄡ，

真ㄓㄣ心ㄒㄧㄣ誠ㄔㄥˊ意ㄧˋ的ㄉㄜ說ㄕㄨㄛ……

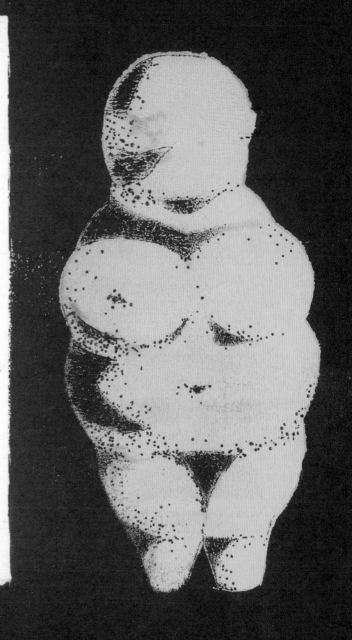

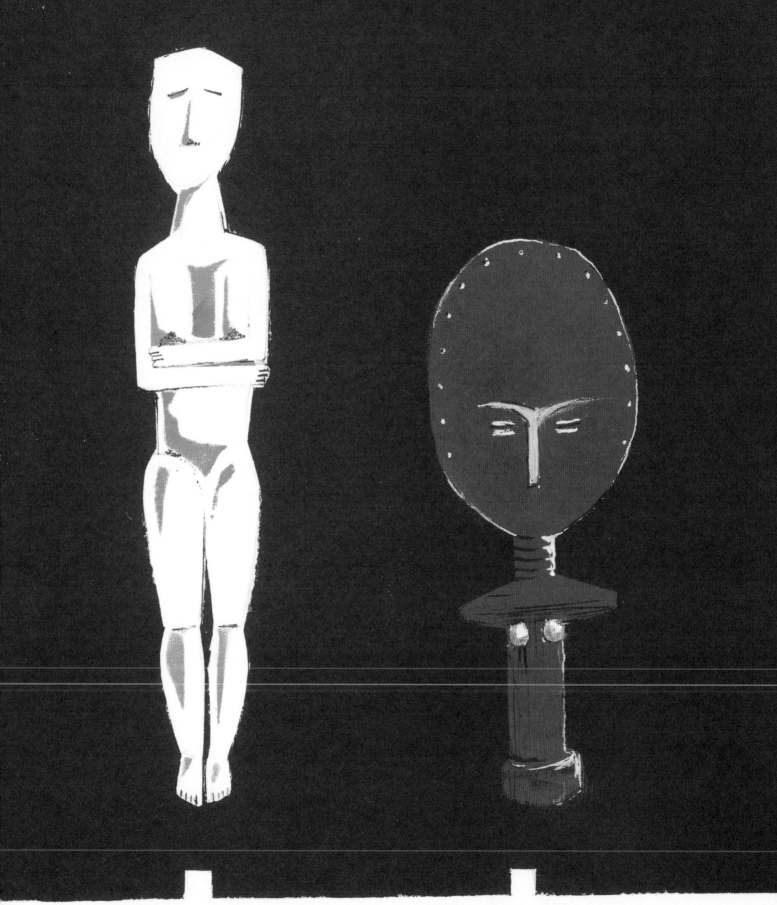

公元前 2500 年　　　　　　　　元 1900 年

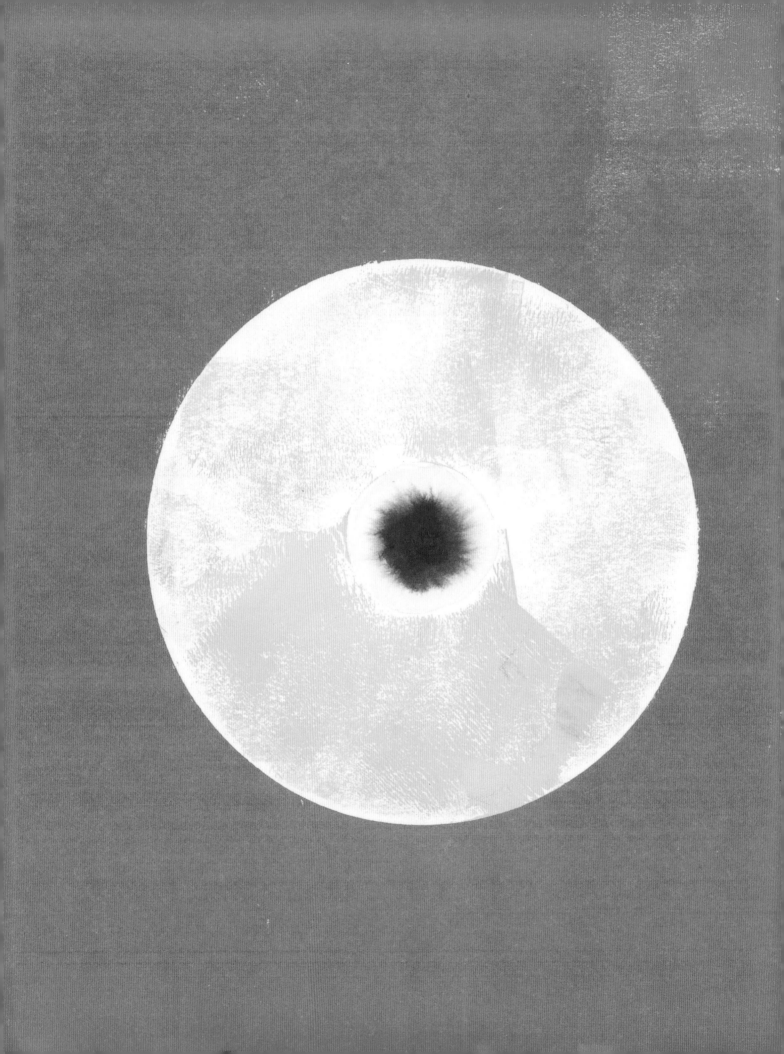

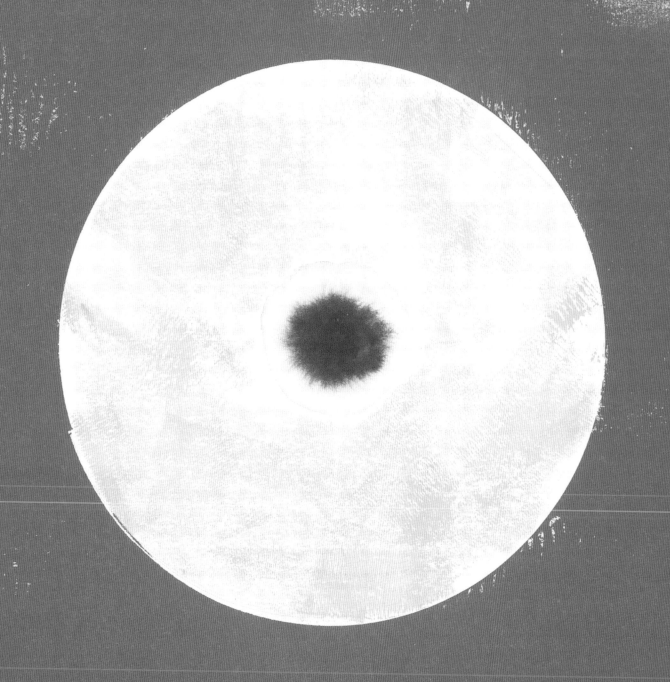

ㄖㄟ ㄖㄟ 最ㄗㄨ棒ㄅㄤ了ㄌㄜ！

全書完

。

獻給

Lu

感謝Dr McKevitt的救命之恩；感謝Mai的放射療程；
感謝Black Sheep出院後護理。感謝Silver的果敢；
感謝Jackie放膽一試；感謝R、AN、AY、RPG的陪伴。
懷念Joanne（1963–2018）。

文·圖／南希·弗（Nancy Vo）　譯／謝靜雯
責任編輯／倪瑞廷　美術編輯／xi
董事長／趙政岷　第五編輯部總監／梁芳春
出版者／時報文化出版企業股份有限公司
108019台北市和平西路三段240號七樓
發行專線／（02）2306-6842
讀者服務專線／0800-231-705、（02）2304-7103
讀者服務傳真／（02）2304-6858
郵撥／1934-4724時報文化出版公司
信箱／10899臺北華江橋郵局第99信箱
統一編號／01405937
copyright © 2023 by China Times Publishing Company
時報悅讀網／www.readingtimes.com.tw
法律顧問／理律法律事務所　陳長文律師、李念祖律師
Printed in Taiwan
初版一刷／2023年01月18日
版權所有 翻印必究（若有破損，請寄回更換）
採環保大豆油墨印製

BOOBIES

全身上下只有乳房這個器官，不是你一出生就擁有的。
你來到這個世界上的時候，只有乳頭和無限的潛力。

蘇珊·勒弗博士
/美國外科醫師、作家、乳癌防治研究的重要倡議者/